Chahdortt Djavann

Bas les voiles !

Gallimard

Romancière et anthropologue, Chahdortt Djavann, née en 1967 en Iran, vit depuis 1993 à Paris. Elle publie son premier roman en 2002, *Je viens d'ailleurs*, écrit directement en français, langue qu'elle ne parlait pas à son arrivée en France. Elle est également l'auteur de *Bas les voiles !*, pamphlet contre le voile islamique, *Autoportrait de l'autre*, son deuxième roman, et *Que pense Allah de l'Europe ?*

J'ai porté dix ans le voile. C'était le voile ou la mort. Je sais de quoi je parle.

Après le désastre historique de 1979, l'islam et ses dérives occupent une place éminente dans le système d'éducation en Iran. Le système d'éducation dans son ensemble est radicalement islamisé. Les sourates du Coran et ses exégèses, les hadiths, la charia, les dogmes islamiques, la morale islamique, les devoirs islamiques, l'idéologie islamique, la société islamique, la vision du monde islamique sont autant de sujets inépuisables, tous obligatoires de l'école primaire à l'université, quelles que soient les spécialisations. « À quoi bon la science si elle n'est pas au service de l'islam ! » est le slogan martelé au long de l'année. Bonne élève, il fut un temps où j'aurais pu devenir imam ou ayatollah si, dans ces matières, il y avait eu place pour les femmes.

De treize à vingt-trois ans, j'ai été réprimée, condamnée à être une musulmane, une soumise, et emprisonnée sous le noir du voile. De treize à vingt-trois ans. Et je ne laisserai personne dire que ce furent les plus belles années de ma vie.

Ceux qui sont nés dans les pays démocratiques ne peuvent pas savoir à quel point les droits qui leur paraissent tout naturels sont inimaginables pour d'autres qui vivent dans les théocraties islamiques. J'aurais mérité, comme tout être humain, d'être née dans un pays démocratique, je n'ai pas eu cette chance, alors je suis née révoltée.

Mais qu'est-ce que c'est que porter le voile, habiter un corps voilé ? Que signifie être condamnée à l'enfermement dans un corps voilé puisque féminin ? Qui a le droit d'en parler ?

J'avais treize ans quand la loi islamique s'est imposée en Iran sous la férule de Khomeyni rentré de France avec la bénédiction de beaucoup d'intellectuels français. Une fois encore, ces derniers avaient décidé pour les autres de ce que devaient être leur liberté et leur avenir. Une fois encore, ils s'étaient répandus en leçons de morale et en conseils politiques. Une fois encore, ils n'avaient rien vu venir, ils n'avaient rien compris. Une fois encore, ils avaient tout oublié et, forts de leurs erreurs passées, s'apprêtaient à observer impunément les épreuves subies par les autres, à souffrir par procuration, quitte à opérer, le moment venu, quelques révisions déchirantes qui n'entameraient toutefois ni leur bonne conscience ni leur superbe.

Certains intellectuels français parlent volontiers à la place des autres. Et aujourd'hui voilà qu'ils parlent à la place de celles qu'on n'entend pas — la place que tout autre qu'elles devrait avoir la décence de ne pas essayer d'occuper. Car ils continuent, ils signent, ils pétitionnent, ces intellectuels. Ils parlent de l'école, où ils n'ont pas mis les pieds depuis longtemps, des banlieues où ils n'ont jamais mis les pieds, ils parlent du voile sous lequel ils n'ont jamais vécu. Ils décident des stratégies et des tactiques, oubliant que celles dont ils parlent existent, vivent en France, pays de droit, et ne sont pas un sujet de dissertation, un produit de synthèse pour exposé en trois parties. Cesseront-ils jamais de paver de bonnes intentions l'enfer des autres, prêts à tout pour avoir leur nom en bas d'un article de journal ?

Peuvent-ils me répondre, ces intellectuels ?

Pourquoi voile-t-on les filles, seulement les filles, les adolescentes de seize ans, de quatorze ans, les fillettes de douze ans, de dix ans, de neuf ans, de sept ans ? Pourquoi cache-t-on leur corps, leur chevelure ? Que signifie réellement voiler les filles ? Qu'est-ce qu'on essaie de leur inculquer, d'instiller en elles ? Car au départ elles n'ont pas choisi d'être voilées. On les a voilées. Et comment vit-on, habite-t-on un corps d'adolescente voilée ? Après tout, pourquoi ne voile-t-on pas les garçons musulmans ? Leur corps, leur chevelure ne peuvent-ils pas susciter le désir des filles ? Mais les filles ne sont pas faites pour avoir du désir, dans l'islam, seulement pour être l'objet du désir des hommes.

Ne cache-t-on pas ce dont on a honte ? Nos défauts, nos faiblesses, nos insuffisances, nos carences, nos frustrations, nos anomalies, nos impuissances, nos bassesses, nos défaillances, nos erreurs, nos infériorités, nos médiocrités, nos veuleries, nos vulnérabilités, nos fautes, nos fraudes, nos délits, nos culpabilités, nos vols, nos viols, nos péchés, nos crimes ?

Chez les musulmans, une fille, dès sa naissance, est une honte à dissimuler puisqu'elle n'est pas un enfant mâle. Elle est en soi l'insuffisance, l'impuissance, l'infériorité… Elle est l'objet potentiel du délit. Toute tentative d'acte sexuel par l'homme avant le mariage relève de sa faute. Elle est l'objet potentiel du viol, du péché, de l'inceste et même du vol puisque les hommes peuvent lui voler sa pudeur d'un simple regard. Bref, elle est la culpabilité en personne, puisqu'elle crée le désir, lui-même coupable, chez l'homme. Une fille est une menace permanente pour les dogmes et la morale islamiques. Elle est l'objet potentiel du crime, égorgée par le père ou les frères pour laver l'honneur taché. Car l'honneur des hommes musulmans se lave avec le sang des filles ! Qui n'a pas entendu des femmes hurler leur désespoir dans la salle d'accouchement où elles viennent de mettre une fille au monde au lieu du fils désiré, qui n'a pas entendu certaines d'entre elles supplier, appeler la mort sur leur fille ou sur elles-mêmes, qui n'a pas vu la détresse d'une mère qui vient de mettre au monde sa semblable, celle qui va lui jeter à la figure ses propres souffrances, qui n'a pas entendu des mères dire « Jetez-la dans la poubelle, étouffez-la si c'est une fille ! », par peur d'être tabassées ou répudiées, ne peut pas comprendre l'humiliation d'être femme dans les pays musulmans. Je rends ici hommage au film de Jafar Panahi, *Le cercle*, qui met en scène la malédiction de naître fille dans un pays musulman.

Écoutez fonctionner la machine rhétorique de certains intellectuels français. Elle est bien huilée. C'est un plaisir. Moteur trois temps. 1° Nous ne sommes pas partisans du voile (quel soulagement de l'apprendre…). 2° Nous sommes contre l'exclusion de l'école (entendez : nous avons doublement bonne conscience). 3° Laissons faire le temps et la pédagogie. Entendez bien : une fois encore, laissons faire les autres — les filles voilées vivre voilées et les enseignants se débrouiller. Les Ponce Pilate de la pensée ont parlé. Ils peuvent retourner à leurs petites affaires, disserter et philosopher en attendant la prochaine pétition. L'histoire passe. Les « chiens de garde » aboient.

Le voile. Non pas le voile à l'école, mais : le voile tout court. Faut-il être aveugle, faut-il refuser de regarder la réalité en face, pour ne pas voir que la question du voile est une question en soi, antérieurement à tout débat sur l'école et la laïcité ! Le voile n'est nullement un simple signe religieux, comme la croix, que filles ou garçons peuvent porter au cou. Le voile, *hijabe*, n'est pas un simple foulard sur la tête ; il doit dissimuler entièrement le corps. Le voile, avant tout, abolit la mixité de l'espace et matérialise la séparation radicale et draconienne de l'espace féminin et de l'espace masculin, ou, plus exactement, il définit et limite l'espace féminin. Le voile, *hijabe*, c'est le dogme islamique le plus barbare qui s'inscrit sur le corps féminin et s'en empare.

La séparation des hommes et des femmes dans les mosquées, où la loi des mollahs règne, révèle ce qu'est le port du voile. La femme doit se tenir à l'abri du regard des hommes. Pour le bon fonctionnement des règles islamiques, en Iran, on a essayé d'appliquer à l'ensemble du pays la loi des mosquées, de projeter dans l'espace public l'espace des mosquées : entrées séparées pour les hommes et les femmes, cantines séparées, bibliothèques, salles de travail séparées… piscines séparées et, comme la mer ne se prête pas facilement à ce genre de partage, interdiction des bains de mer aux femmes. À l'université, la botanique, l'archéologie, la géologie et toutes les disciplines exigeant des déplacements en groupes ont été interdites aux filles.

Nous sommes en France, pays de droit, et certaines familles s'arrogent le pouvoir de voiler leurs filles mineures. Qu'est-ce que cela signifie, voiler les filles ? Cela signifie en faire des objets sexuels : des objets, puisque le voile leur est imposé et que sa matérialité fait désormais partie de leur être, de leur apparence, de leur être social ; et des objets sexuels : non seulement parce que la chevelure dérobée est un symbole sexuel et que ce symbole est à double sens (ce que l'on cache, on le montre, l'interdit est l'envers du désir), mais parce que le port du voile met l'enfant ou la jeune adolescente sur le marché du sexe et du mariage, la définit essentiellement par et pour le regard des hommes, par et pour le sexe et le mariage.

Mais cet objet du désir masculin exprime un autre interdit et une autre ambivalence. Une fille n'est rien. Le garçon est tout. Une fille n'a aucun droit, le garçon a tous les droits. Une fille doit rester à l'intérieur, à sa place, elle ne peut circuler à l'air libre. Nul ne peut ignorer que, dans les pays musulmans, les hommes, seulement les hommes, sont agglutinés sur les places publiques. Ne les voit-on pas, ici même, en France, occuper le devant de la scène, le dehors ?

Pourquoi les hommes musulmans veulent-ils encore voiler les femmes ? Pourquoi le voile des femmes les concerne-t-il ? Pour quelle raison sont-ils à ce point attachés au voile féminin ? S'ils adorent tant le voile, ils n'ont qu'à le porter eux-mêmes. Pour le coup, la revendication d'« une nouvelle identité par le voile » prendrait un sens ! Imaginez les hommes musulmans voilés ! Ce serait réellement l'invention du XXIe siècle ! Car voiler les femmes est une banalité religieuse depuis l'Ancien Testament.

Mais le voile islamique n'a de sens que par ce qu'il cache, dissimule ou protège. Que cache le voile ? Que dissimule le voile ? Que protège le voile ?

La construction de l'identité féminine et de l'identité masculine dans l'islam repose sur *Hojb* et *Hayâ* de la femme et *Nâmous* et *Qeyrat* de l'homme. Ces mots chargés de sens véhiculent des poids traditionnels lourds, des qualificatifs qui sont propres à chaque sexe et qui ont été transmis de génération en génération à travers les siècles. Ils n'ont pas d'équivalent exact dans la langue française, mais leur traduction approximative serait la pudeur et la honte de la femme et l'honneur et le zèle de l'homme. *Nâmous* est l'honneur sexuel de l'homme. Impur, sacré, il est tabou. C'est un tabou refoulé au fin fond de l'homme musulman. Propre à chaque musulman, *Nâmous* doit rester à l'abri du regard des autres hommes, des regards illicites. *Nâmous* de l'homme doit être protégé, dissimulé. Il symbolise le dedans et ne peut être dehors. Il a pour garant la mère, la sœur, la femme, la fille, le corps féminin. Le voile est un abri pour *Nâmous*, pour l'honneur de l'homme musulman, et il crée chez ce dernier une dépendance psychique ; car l'essence de l'identité de l'homme musulman s'enracine sous le voile féminin.

Qeyrat, le zèle, symbolise la virilité et la capacité de l'homme musulman à préserver son *Nâmous*, son honneur sexuel qui a comme objet le corps féminin. Le corps de la femme, garant de l'honneur sexuel de l'homme, ce tabou non avoué, ne peut être dehors, libre, sous les regards illicites des autres hommes. C'est l'identité de l'homme musulman, l'honneur d'être un homme, qui en dépend. La femme non voilée peut ébranler l'édifice de l'identité masculine dans l'islam. La littérature et le cinéma subversifs nous ont montré parfois ces hommes musulmans perdus à jamais car la fille, la femme, la sœur ou la mère a transgressé les dogmes de la pudeur.

Hojb et *Hayâ* de la femme, la pudeur et la honte de la femme, sont les garants et l'expression de l'honneur et du zèle de l'homme musulman. Plus une femme est honteuse et pudique, plus son père, ses frères, son mari ont de l'honneur et du zèle. Autrement dit, la construction de l'identité masculine chez les musulmans est tributaire de la pudeur et de la honte de la femme. L'honneur et le zèle de l'homme musulman, sans lesquels il n'est rien, sont à la merci du voile de la femme. Tout contact, toute tentative de rapprochement entre les deux sexes déshonore l'homme musulman. Ce n'est pas la relation sexuelle qui est un tabou ; l'autre sexe, le corps féminin, est en soi un tabou.

Le voile condamne le corps féminin à l'enfermement car ce corps est l'objet sur lequel l'honneur de l'homme musulman s'inscrit, et il doit, à ce titre, être protégé. Le voile ne traduit-il pas avant tout l'aliénation psychique de l'homme musulman qui construit son être et son identité dans la crainte permanente de la transgression féminine, d'un dépassement inquiétant : une mèche ou un bout de peau qui se laisse voir ?

La fille est le garant de l'honneur de son père et de ses frères. Une fois mariée, vendue, elle sort de la tutelle paternelle, elle est garante de l'honneur de son mari. En cas de divorce, elle revient sous la tutelle paternelle et sa pudeur en relève à nouveau. Une femme divorcée sous le toit paternel est une inquiétude pour le père et pour les frères, une marchandise renvoyée.

Quelques intellectuels musulmans, défenseurs du voile, disent « ma femme, ma fille ne portent pas le voile », pour préciser que leur position n'est en rien subjective. Et leur mère ? Ne portait-elle pas le voile ?

La mère au voile. Le voile qui porte l'odeur de la mère. La mère interdite. Le voile que la mère garde sur elle. Ce *doudou* qu'elle ne laisse jamais à son enfant, à son fils. Le voile porte l'odeur du péché, l'odeur de la mère interdite. La mère objet du désir, le désir coupable, réprimé par les lois ancestrales. L'image de la mère aimée, désirée, chez l'homme musulman, est symbolisée par le voile. Comme si ce voile qui a caché les cheveux de la mère dérobait du même coup la mère à son fils. C'est pourquoi les femmes voilées attirent davantage le regard des hommes musulmans. La force viscérale du lien mère/fils, ce lien dont le voile maternel a été le truchement pendant la petite enfance et qui projette son ombre (l'ombre de l'interdit, de l'inceste et du désir) sur la femme convoitée. Le voile qui dissimule la femme est aussi détesté que désiré par l'homme musulman. Le voile rappelle l'amour maternel, mais aussi la première blessure, le voile qui leur déroba la mère.

La pression des interdits ne renforce-t-elle pas la pulsion du regard ? Le voile rappelle un des interdits éminents de l'islam, le corps féminin. Ce qu'on dérobe aux regards ne fait qu'attiser les regards. Le voile fixe l'attention et les énergies psychiques des hommes sur un spectacle qui par la logique des choses doit se révéler du plus grand intérêt. Impossible d'ignorer les regards insistants, accrocheurs, des hommes dans les pays musulmans. Le regard salace, le regard illicite, le regard aux aguets, le regard qui *pénètre* le voile. Et les filles réprimandées, car, malgré leur voile, leur corps dissimulé, elles ont attiré les regards illicites.

La crainte du regard et des dangers qu'il recèle est inculquée par les mères aux filles. Dès leur plus tendre enfance, les fillettes intériorisent l'idée que leur existence est une menace pour le garçon et pour l'homme ; que, à la vue d'une parcelle de leur chair ou de leur chevelure, ces derniers peuvent perdre tout contrôle de soi. Les mères, dans les milieux les plus traditionnels, continuent à reproduire les mêmes dogmes transmis de génération en génération. Craintives, elles ont peur de rompre avec le joug religieux, de briser le maillon identificatoire, et elles n'osent affronter le jugement des autres mères de leur communauté.

Dans les pays musulmans, malgré le voile des femmes, le viol et la prostitution font des ravages. La pédophilie y est très répandue car si la relation sexuelle, non conjugale, entre deux adultes consentants est interdite et sévèrement sanctionnée par les lois islamiques, aucune loi ne protège les enfants. Il y a suffisamment d'enfants abandonnés à eux-mêmes, dans ces pays, pour faire les frais des besoins sexuels urgents des hommes.

La honte d'habiter un corps honteux, un corps voilé, l'angoisse d'habiter un corps coupable, coupable d'exister, cette culpabilité, cette honte congénitales, qui a le droit d'en parler ? Celles, peut-être, qui ont vécu dès avant leur adolescence les effets traumatisants des dogmes islamiques. Mais celles-là, justement, qui sentent peser sur elles les regards des hommes de leur famille, des autres hommes et de ceux qui, de l'extérieur, les considèrent comme d'étranges zombies, n'ont ni le droit ni la force de parler. Elles ont vécu l'humiliation de ne pas être des hommes, de porter le voile, cette prison ambulante, comme un stigmate, comme l'étoile jaune de la condition féminine. Les corps féminins, humiliés, coupables, source d'inquiétudes, angoissants, menaçants, sales, impurs, source de malaise et de péché, ces objets malsains, convoités, désirés et interdits, dissimulés et exposés, enfermés, violentés, circulent autour des hommes, comme des ombres. Le corps féminin est un objet sexuel qu'on cache, qu'on dénigre, un peu comme un accessoire sexuel qu'on aurait honte d'utiliser.

Dès l'enfance, comme les victimes d'un viol, ces filles voilées se sentent coupables, et la violence qu'elles ont subie ressemble, en effet, à un viol, elle est un viol. Viol ancestral dont les mères musulmanes portent la marque, qu'elles impriment à leur tour sur le corps de leur fille. Viol ancestral dont les mères portent pour une lourde part la responsabilité. Les dogmes islamiques distillés par les mères musulmanes, intériorisés par les enfants, acquièrent un caractère intrinsèque, comme s'ils venaient du dedans et non pas du dehors.

Quelques remarques, ici, pour prévenir objections et contre-exemples.

Une religion existe historiquement, elle est ce qu'on en fait, mais elle est aussi ce qu'elle a fait. Et elle est telle qu'elle existe dans les sociétés à travers les siècles. On ne peut pas la réduire aux idées qu'élaborent à son propos quelques beaux esprits ou quelques bonnes consciences. Et puis, pour comprendre véritablement une religion et le mécanisme de sa transmission psychique et sociale d'une génération à l'autre, il faut la vivre subjectivement, et être positivement ou négativement impliqué. Les observations extérieures, quelque pertinentes qu'elles soient, n'arrivent guère à pénétrer dans ce que ressent le croyant. Il faut avoir vécu à l'intérieur d'une croyance, reçu une éducation religieuse, pour comprendre ce que c'est que croire ou ne plus croire à l'islam, au catholicisme ou au judaïsme.

J'ai vécu le totalitarisme islamique et les barbaries religieuses sous tous leurs aspects. Quand je suis arrivée en France, j'avais l'impression de ne pas être sur la même planète. J'avais le sentiment d'être comme quelqu'un qui débarquerait dans notre monde après avoir subi les tortures de l'Inquisition chrétienne au Moyen Âge. Je n'éprouve aucune indulgence pour la religion. En ce qui concerne la croyance, Dieu merci, je ne suis même pas athée. Simplement, j'ai conscience d'exister, conscience aussi de l'injustice qui règne sur cette terre, conscience de ce qu'est l'enfer sur terre. Dieu, s'il existe, c'est son affaire.

Le Coran, lui, n'a aucun doute sur les frontières du mal et du bien. Ce qui n'est pas contenu dans le Coran est le mal absolu. Tout, le Tout, est dans le Coran. Le Coran a pensé à tout, à l'être humain dans sa totalité, aux êtres humains de toutes conditions. En matière d'humanité, rien n'échappe au Coran ; en douter est en soi un péché, un sacrilège. La légitimité des trois religions monothéistes procède du fait que cette légitimité est divine, donc absolue et hors de toute discussion. Et comme Dieu, Allah et Yahvé se font rares, les croyants doivent obéir à leurs représentants sur terre.

La dévalorisation juridique et sociale de la femme dans l'islam, sa mise sous tutelle masculine va de pair avec son statut d'objet sexuel et ce statut lui-même a sa source dans le Coran. Dans les pays musulmans, la femme selon les lois islamiques a besoin pour quitter le pays de l'autorisation de celui sous la tutelle de qui elle est placée, c'est-à-dire son mari ou à défaut son père, son frère, son oncle. La charia va plus loin : une femme n'a pas le droit de sortir du domicile conjugal sans l'autorisation de son mari ou de sa tutelle. La femme n'est jamais considérée comme une personne entière. En Iran, depuis 1998, les femmes n'ont plus le droit de circuler d'une ville à l'autre toutes seules. Et je parle bien des femmes, pas des adolescentes mineures.

Le Coran consacre de nombreuses pages au bas-ventre des hommes, à leur plaisir sexuel et au devoir des femmes d'assouvir le désir de leur mari. Le Coran aborde aussi le plaisir paradisiaque des hommes. Aux bons musulmans, et aux martyrs de l'islam, le Coran réserve des houris éternellement belles, éternellement jeunes, éternellement vierges, revirginisées après chaque coït. Pour les hommes, c'est la réalisation d'un fantasme, l'orgasme infini, inlassable, et la fin d'une hantise, l'éjaculation précoce. J'imagine que les hommes seront des super-mâles, avec un pénis en acier, infatigable. Rien que du plaisir, de la jouissance, du bonheur. Je me demande si ce n'est pas grâce à ces sacrées promesses que les religieux croient à la sacralité du Coran. Quel homme ne rêve de ça ? Il suffit d'y croire.

Le Coran dit certes que « le paradis est sous les pieds des mères » mais n'évoque pour celles-ci aucun plaisir comparable à ceux qu'il réserve aux hommes. Comme le paradis n'est ouvert qu'aux mères et non aux infortunées femmes stériles, comme on ne peut forniquer avec la mère d'aucun homme (un « nique ta mère », dans les pays musulmans, peut se terminer en effusion de sang), peut-être les mères, au paradis, regardent-elles les hommes forniquer avec les houris…

Je vois d'ici l'indignation de quelques voilées nouveau style, de celles qui parlent haut et fort de leur liberté et de leur identité, mais ne plaisantent pas avec le Coran. On en voit quelques-unes, dans la rue, dans le métro. Elles s'affichent. Elles affichent leur résolution, prêtes, on le sent, à répondre vertement aux questions que personne ne leur pose mais que leur regard, leur port de tête, leur assurance provocatrice appellent de toute évidence. Sans doute un jour ceux qui les inspirent nous proposeront-ils une nouvelle lecture du Coran (les monothéismes n'en finissent pas de se relire) pour nous persuader, vieille recette, qu'il faut savoir l'interpréter et au besoin y déchiffrer ce qui n'y est pas écrit. Mais on n'en est pas encore tout à fait là avec l'islam. On en reste aux signes extérieurs de richesse identitaire et aux lectures fondamentalistes. Le voile est ma culture. Le voile est ma liberté. Vieille rengaine qui date des années de la décolonisation : la liberté est une chose, disaient alors certains, mais la liberté culturelle en est une autre. On distinguait, avant d'en venir à les opposer, les droits de l'homme (individuel) et le droit des cultures (collectives). La justification intellectuelle de toutes les non-démocraties post-coloniales était ainsi trouvée. Et c'est au moment où l'on fait mine parfois de s'en inquiéter à l'échelle planétaire (bien sûr lorsque les intérêts économiques ou stratégiques des pays occidentaux sont en cause), qu'on entend sans broncher fredonner ce refrain dans nos banlieues.

Que des jeunes femmes adultes portent le voile, cela les regarde. Mais il y a dans l'attitude de beaucoup d'entre elles une double perversité. Le port du voile en France n'est pas le moyen de se fondre dans la foule anonyme, plutôt le moyen d'attirer le regard, de se faire remarquer, une forme d'exhibitionnisme, de provocation ; femme objet et fière de l'être ; femme objet sexuel, plus exactement. Cette perversité-là, encore une fois, est leur affaire. Mais elle n'est plus tout à fait leur affaire, je vous supplie d'y prêter attention, lorsqu'elle s'accompagne d'un message prosélyte à destination des plus jeunes, d'un message lui-même voilé parce qu'il dissimule sa vraie nature sous le voile des mots « liberté », « identité » ou « culture ». Imposer le voile à une mineure, c'est, au sens strict, abuser d'elle, disposer de son corps, le définir comme objet sexuel destiné aux hommes. La loi française, qui n'interdit rien aux majeurs consentants, protège les mineurs contre tout abus de ce genre. Toutes les formes de pression directe ou indirecte qui visent à imposer le voile à des mineures leur confèrent par là même un statut d'objet sexuel assimilable à celui de la prostitution. Elles doivent être interdites par la loi. Les mutilations psychologiques et morales sont des mutilations sexuelles ; tout comme les mutilations sexuelles sont également des mutilations psychologiques et morales. Il y a eu des ethnologues, minoritaires heureusement, pour défendre l'excision au nom de la différence culturelle. Péché contre l'esprit et péché contre la société assurément. Ne commettons pas la même erreur, la même faute, à propos du voile islamique. Ce n'est pas au nom de la laïcité qu'il faut interdire le port du voile aux mineures, à l'école ou ailleurs, c'est au nom des droits de l'homme, et au nom de la protection des mineures.

Pour le reste, que nous chante-t-on ? Que nous chantent-elles, les égéries de Mahomet « libérées » par le voile ? De quoi sont-elles libérées au juste ? Elles affirment leur « identité », disent-elles. Quelle identité ? Quelques midinettes parlent comme si elles avaient eu le génie d'inventer le voile ou d'en identifier les vertus. Elles le revendiquent comme un nouveau symbole après avoir fait un tour sur les bancs de la fac, comme si le voile était une invention du XXIe siècle. Ce voile qui remonte à la nuit des temps, symbole d'archaïsme en voie de disparition dans les campagnes les plus reculées et les églises les plus traditionnelles de la vieille Europe, voilà qu'il voudrait se faire une nouvelle jeunesse, se faire passer pour ce qu'il n'est pas.

Car ce qu'il est, nous le savons bien. Non pas le symbole séduisant d'une nouvelle identité, mais l'expression de l'aliénation et souvent aussi celle du repli devant les duretés du pays d'accueil. Les femmes voilées en France ou dans d'autres pays démocratiques attirent les regards, attisent les regards. Elles accèdent au statut d'image, au même titre que ces femmes qu'on voit sur la couverture des magazines pour hommes. Être voilée, s'afficher voilée, c'est être constamment et avant tout la femme objet sexuel. Une femme voilée est un objet sur lequel un écriteau invisible se laisse lire : « Interdit de voir. Juste fantasmer. » La femme devient un objet qui par son existence même sollicite les fantasmes permanents des hommes. Ces fantasmes qu'on n'ose s'avouer. Et comme le voile est à la mode, elle l'assume, elle le choisit, elle en est fière. Enfin celles que personne ne remarquait attirent l'attention avec le voile. Elles cachent ce que peut-être personne ne regarderait si elles ne le cachaient pas. Comme les prostituées qui dissimulent leur corps dans l'ombre des nuits pour tromper les clients, ces femmes voilées cachent leur corps, pour qu'un mari enfin les choisisse les yeux fermés.

Le voile, c'est en même temps un refuge pour dissimuler l'exclusion sociale. Les immigrées orientales, très souvent chômeuses ou employées dans des travaux subalternes, doivent, pour toucher le SMIC, se débattre sur un marché du travail de plus en plus difficile où la discrimination règne. Elles passent après les hommes, après les femmes non orientales, objets d'une exclusion sociale et économique impitoyable. Exclues de leur communauté musulmane quand elles se sont battues pour leur émancipation (cette émancipation qui leur vaut tout au plus le montant du RMI), exclues de la société française, du marché de l'emploi, elles ont payé cher leur indépendance. La société française n'a pas fait assez pour leur intégration. Comment s'étonner que certaines d'entre elles se réfugient sous le voile et essaient de trouver un mari qui les nourrira pour le prix de leur virginité ? Au moins, elles ne seront pas à la rue, comme les femmes de plus en plus nombreuses qu'on voit mendier dans le métro, elles ne connaîtront pas la fin sordide des SDF clochardisés. Ces femmes n'échappent à l'exclusion que par l'aliénation.

Il est peut-être temps que les intellectuels français, après s'être intéressés tour à tour à l'Afghanistan, à Massoud, à Loft Story, à l'Irak… et au voile, ces sujets éphémères ou saisonniers, s'intéressent aux détresses flagrantes des exclu(e)s de ce pays dans lequel nous vivons et qui va de plus en plus mal. À ces hommes et à ces femmes, français ou immigrés, qui sont de plus en plus nombreux dans

le métro et le RER, à ces fantômes du licen-
ciement dont la présence bavarde ou silencieuse
à nos côtés, au quotidien, nous fait honte.

À la petite poignée de femmes musulmanes,
très minoritaires, qui ont un travail décent et
ont choisi de porter le voile, je dirai que la perversité existe (il y a des prostituées, dit-on,
qui vendent leur corps sans être vraiment dans
le besoin, pour le plaisir). Elles sont adultes.
Elles peuvent même enfouir leur corps dans
une couverture en laine par une chaleur de
trente-cinq degrés. Si ça les fait jouir, c'est
leur affaire. Mais dès qu'il s'agit d'enfants,
d'enfants vivant en France, qu'on prétend en-
doctriner et éduquer à l'aliénation en impo-
sant à leur corps la marque sexuée de leur
dépendance, je dis : Non ! Halte ! Atteinte aux
droits de l'homme !

Et c'est, je le crains, l'oubli des droits de
l'homme (au sens générique du mot « homme ») qui a inspiré à quelques sociologues
musulmans certaines de leurs analyses les plus
stupéfiantes.

Les intellectuels musulmans portent de lourdes responsabilités dans cette affaire. Lorsqu'on parle d'intellectuels catholiques en France, c'est pour les distinguer aussi bien de ceux qui s'inscrivent dans une autre mouvance religieuse que de ceux qui ne s'inscrivent dans aucune mouvance de ce genre et revendiquent même éventuellement leur agnosticisme ou leur athéisme. La dénomination d'« intellectuel catholique » ne s'applique donc qu'à une partie seulement des intellectuels. Ce n'est pas le cas des « intellectuels musulmans », ils font partie d'un seul grand tout : l'Islam. Ils se distinguent des autres comme intellectuels, mais pas comme musulmans. Où sont donc les intellectuels athées du monde islamique ? En Iran, en Égypte, en Algérie, en Arabie Saoudite ? Par une étrange perversion du langage, celle qui permet d'identifier la religion à la culture et inversement, nous nous habituons à considérer que des populations entières, des littératures et des philosophies sont tout uni-

ment « musulmanes ». Au principe est le mot
« islam ». Et puis on décrète l'art islamique,
la miniature islamique, l'architecture islamique, la poésie islamique. La terre de l'islam.
On a même imputé aux roses d'Ispahan l'odeur
de l'islam. Il n'y a plus ensuite qu'à en décliner
les différentes modalités : l'islam fondamenta-
liste, l'islam intégriste, l'islam modéré et, der-
nier-né, l'islam laïque. Sommes-nous dans un
siècle de délire ?

Aucune religion n'est laïque. La laïcité est
précisément la séparation de l'État, la sphère
publique, et de la religion, affaire privée. On
ne peut pas, sémantiquement, accoler l'adjec-
tif « laïque » à un nom de religion. Personne
ne parle de catholicisme laïque ou de protestantisme laïque. Simplement, en France, la
plupart des catholiques ou des protestants ad-
mettent aujourd'hui le principe de la laïcité ;
en ce sens, ils sont laïques tout comme peuvent l'être des athées ; ils sont catholiques et
laïques, protestants et laïques. Ils n'appartien-
nent pas à des formes de catholicisme ou de

protestantisme (« laïques ») qui s'opposeraient à d'autres. Tout cela ne s'est pas fait en un jour. C'est le produit d'une longue histoire et de luttes intenses. La laïcité n'est évidemment pas consubstantielle au monothéisme chrétien (la distinction évangélique entre ce qui relève de Dieu et ce qui relève de César n'a rien à voir avec la laïcité). Elle lui a été imposée.

Lancer l'expression « islam laïque » relève davantage du lapsus révélateur que d'un raccourci de la pensée. Lapsus révélateur, car il s'agit bien de partir du tout indiscuté, l'islam, pour en qualifier une des modalités, c'est-à-dire d'une démarche inverse de la démarche laïque qui distingue au départ la sphère publique et la sphère privée. Je crains que la plupart des intellectuels musulmans n'aient pas vraiment compris ou pas vraiment voulu comprendre le sens du mot « laïcité » et ses implications. Ce n'est pas tout à fait étonnant car le mot « laïcité » n'a de place ni dans la pensée ni dans le langage du monde musulman, où les dogmes de l'islam doivent régenter jusqu'aux menus détails de la vie quotidienne de chacun. Le mot « laïcité » n'a pas d'équivalent en arabe ou en persan. Car la laïcité n'a pas été pensée dans ces langues-là. Ce qui ne signifie nullement l'incapacité de ces langues à concevoir la notion de la laïcité, mais plutôt l'incapacité de leurs penseurs. Dès lors, on peut en mettre le concept à toutes les sauces, jouer sans risque avec un concept vide ou une intuition aveugle, dans le langage de Kant. Ces intellectuels musulmans, ces musulmans intellectuels plutôt, veulent fourrer l'islam partout, le plaquer sur tout, jusque sur la séparation de l'État et de la religion. Ils veulent, en somme, non que l'éducation soit laïque, mais qu'elle soit laïquement islamisée. Lorsque Khomeyni décrétait : « Nous, les musulmans, exportons l'islam dans le monde entier », je le croyais fou, mais sa folie, apparemment, est collective et contagieuse. Elle se répand.

Je ne mets pas tous les intellectuels du monde musulman dans le même sac. Quelques-uns ont dénoncé le despotisme islamique et son oppression des femmes. Mais force est de reconnaître que ce ne sont pas ces intellectuels critiques que l'on entend. Les intellectuels dits musulmans ne s'indignent que devant les atteintes portées à l'honneur de l'islam et à Mahomet. Ils ne se donnent du mal que pour défendre la sacralité de l'islam et du Coran. On ne les a pas vus se révolter contre les arrestations, la répression, les assassinats, la violence, la drogue, la pauvreté, la misère, la pédophilie et l'absence de droits des femmes et des enfants dans leurs pays musulmans. On ne les a pas entendus protester contre les parents qui obligent leurs filles à porter le voile, contre les mariages forcés imposés à des adolescentes ici en France (il faut voir à ce sujet le film de Coline Serreau, *Chaos*). La mise à mort par lapidation des femmes accusées d'adultère leur a-t-elle arraché un cri d'indignation ? Ils semblent toujours plus empressés à défendre les raisons et les vertus de la bigoterie qu'à en dénoncer les barbaries. Comme Lyautey à l'époque du protectorat sur le Maroc, ils redécouvrent le rôle bénéfique de l'islam sur le maintien de l'ordre et sont prêts à en faire bénéficier les banlieues. Des jeunes gens bien pieux, assurent-ils aux bourgeois apeurés de la France tranquille, se tiendront plus sages que des voyous sans principes. Laissez faire l'islam. Ils pérorent, surpris et enchantés du rôle qu'on leur reconnaît, aussi aptes, apparemment, à assurer la promotion féminine qu'à ramener le calme dans les quartiers pudiquement appelés défavorisés ou difficiles. À quand un protectorat sur les banlieues ?

Le fait que les gouvernements occidentaux soutiennent les régimes dictatoriaux et théocratiques et rivalisent pour passer des accords de toutes sortes avec eux au nom de la compétition économique mondiale, n'est plus un secret pour personne. Et, si condamnable que soit cette politique internationale, au nom des intérêts nationaux, elle ne rencontre pratiquement aucune opposition sérieuse dans aucun pays démocratique. Est-ce que, à long terme, le relativisme de la politique extérieure va déteindre sur la politique intérieure ? Quelle politique envisage le gouvernement pour résoudre les problèmes de plus en plus importants des banlieues peuplées d'immigrés du tiers-monde ? Nos politiciens vont-ils opter pour des pouvoirs locaux, des « dictatures modérées », pour assurer la sécurité et empêcher les débordements ? La démocratie occidentale, malgré ses insuffisances, reste le meilleur système existant. Je pense qu'avec la montée du libéralisme sauvage, de l'extrême droite, des religions et du communautarisme ethnique, elle court de réels dangers.

Si l'islam avait jamais été un agent de l'émancipation des femmes et un antidote à la violence, ça se saurait ! La violence la plus barbare ne règne-t-elle pas dans la plupart des pays musulmans ? Les droits de l'homme, et notamment ceux des femmes et des enfants, n'y sont-ils pas quotidiennement bafoués ? On se demande parfois quelle est au juste la cause que défendent les intellectuels musulmans.

Les femmes musulmanes qui ont pu s'en sortir grâce aux lois et à l'éducation républicaines et laïques de la France et qui aujourd'hui revendiquent le voile pensent-elles jamais à ces autres femmes, ensevelies sous le voile, qui dans leur pays n'ont aucun droit ? Je me demande si elles mesurent la situation de ces femmes privées de l'éducation la plus élémentaire, qui n'ont, pour les plus pauvres d'entre elles, pas même un acte de naissance, ces femmes écrasées, ces femmes très nombreuses des régions les plus désertiques et les plus isolées des pays musulmans. Peut-être un séjour dans un pays comme l'Afghanistan ferait-il le plus grand bien à celles qui se prétendent « libérées par le voile » ? Peut-être pourraient-elles faire partager leur « liberté » aux femmes afghanes ?

Après la révolution islamique en Iran, certains sociologues iraniens résidant en France ont fabriqué de toute pièce la théorie du « voile comme moyen d'émancipation ». Les femmes tirées par les cheveux, jetées à terre, frappées dans les rues de Téhéran parce qu'elles ne voulaient pas porter le voile, ils ne les ont pas vues. Sans doute ne voient-ils toujours pas qu'aujourd'hui encore les gardiens de l'islam arrêtent et emprisonnent des femmes parce qu'elles ont laissé échapper du voile quelques mèches subversives.

Étrange omission pour ces spécialistes de la société iranienne : ils ont oublié de mentionner que le port du voile a été imposé à toutes les femmes dans tout le pays, que c'était le voile ou la mort. Ils ont omis en outre de dire que le port du voile a été imposé aussi dans toutes les écoles, y compris dans les écoles primaires, aux filles mineures selon les lois coraniques, aux enfants de six, sept ans (dans l'islam, l'âge de la majorité pour les filles est de neuf ans). Dans des écoles où aucun homme n'est employé, dans des classes de filles dont l'institutrice est elle-même évidemment voilée, les petites filles de sept ans n'ont pas le droit d'enlever leur voile. Il fait partie de leur identité, en effet, et elles apprennent à vivre avec. La théorie de l'émancipation par le voile a fait ses preuves, décidément. Mais sans doute est-il malsain et universitairement peu rentable de s'attarder au spectacle de celles qui ont été dès l'enfance réduites au silence, aveuglées, étouffées sous les masques et les voiles de ce que naguère on osait encore appeler l'obscurantisme.

Il s'agit de faire carrière, en effet. Et pour cela d'exister. Imaginez-vous un intellectuel musulman décortiquer les mécanismes de l'aliénation religieuse ? Non, bien sûr. Il y a Houellebecq pour ça. Houellebecq qui, ne connaissant rien à l'islam, n'a d'ailleurs pas grand-chose à décortiquer. Les intellectuels musulmans quant à eux n'ont pas vocation à être Giordano Bruno ou Voltaire... Non. Mieux vaut, pour un intellectuel musulman, rester musulman. C'est beaucoup plus prudent et c'est plus malin. Il peut en effet — ce sera sa spécificité, son créneau, comme on dit parfois dans le métier — expliquer aux autres que l'islam n'est pas ce qu'ils croient. C'est une technique ancienne, qui a déjà fait ses preuves et qui marche toujours : prendre le contrepied des clichés habituels et développer doctement les propositions qui résultent de ce retournement. Il ne s'agit pas de se demander si les clichés correspondent ou non à quelque chose. Il s'agit d'exister en proposant des paradoxes qui se présenteront, vus de l'extérieur, comme le fruit de l'expérience, de la sagesse et de la modération : « Moi qui en viens, moi qui en suis, je peux vous assurer que ce n'est pas ce que vous croyez. » L'opération est d'une extraordinaire rentabilité. Tout d'abord, elle vous donne une position ; elle met en valeur votre expérience supposée, votre qualité de musulman en l'occurrence (la même opération pourrait se faire au nom d'une minorité ethnique, d'un parti politique ou d'une secte, mais la référence à l'islam est assurément d'une tout autre ampleur). En second lieu, elle vous met automatiquement en situation d'intermédiaire, d'intermédiaire entre ceux qui en sont et ceux qui n'en sont pas. Vous devenez par là même un « modéré ». Car en tant qu'intellectuel vous comprenez tous les points de vue, vous dissipez les malentendus. Vous savez, comme ceux qui en sont, mais vous entendez les questions de ceux qui n'en sont pas. Et comme vous connaissez leur langage, vous y répondez au prix d'un petit effort de traduction : mais oui, la liberté de conscience, le droit à la différence, l'égalité des sexes, la démocratie, nous avons tout cela, potentiellement en tout cas ; il faut savoir nous entendre. Une petite allusion à la vraie tradition, au véritable islam, une petite concession pour dénoncer, du côté de ceux qui en sont, une poignée d'extrémistes, et le tour est joué, accompli : c'est au tour de ceux qui n'en sont pas, maintenant, de ceux qui n'en sont pas mais qui restent pleins de bonne volonté, de s'en prendre à leurs propres préjugés, à leur myopie, à leur occidentalocentrisme. Un pas de plus et les valeurs se renverseront : on dénoncera dans la laïcité une nouvelle religion, on parlera de la tyrannie des droits de l'homme, notion, comme chacun sait, terriblement ethnocentrée, on appellera à la révision des concepts sclérosés. Cette « posture » intellectuelle, enfin, peut permettre de trouver un poste, aux États-Unis, où on en raffole, ou même en France, où la notion d'expertise fait autant de ravages que celle de culture. L'expert en culture islamique peut ainsi nourrir tous les espoirs s'il maîtrise un peu le vocabulaire et la rhétorique de la pensée politiquement correcte qui revêt ici la forme de l'islam « modéré ».

Trêve d'ironie. Que les penseurs musulmans n'aient pas les audaces du XVIIIe siècle européen, après tout on peut le comprendre. L'islam, de son côté, a quelques siècles de retard sur le christianisme et l'on peut s'attendre (c'est une question de patience) qu'il évolue au cours des siècles à venir. Encore qu'en ces matières des rechutes soient toujours possibles et qu'on voie aujourd'hui coexister sous l'étiquette « christianisme » des philosophies de style humaniste et des fondamentalismes virulents. Mais le plus surprenant, avec les intellectuels musulmans, c'est qu'ils oublient que le monde islamique a connu son XVIIIe siècle dès les XIe, XIIe et XIIIe siècles ! Les grands poètes iraniens comme Férdossi, XIe, Omar Khâyyam, XIe, Nézâmi, XIIe, Saadi, XIIIe, Al Rumi, XIIIe, Hâfiz, XIVe, ont tous eu une position hérétique face aux dogmes islamiques. Et puis il y a eu Hallâj, IXe, dont la phrase emblématique fut : *Ana al Hagh*, « Je suis Allah », et Sohrawardi, XIIe — deux philosophes iraniens condamnés à mort pour leurs positions hérétiques.

Lorsque les intellectuels musulmans ne les oublient pas, ils oublient de signaler qu'ils ont été hérétiques. Ils les présentent comme les penseurs, les poètes de l'islam. Omar Khâyyam, dont les *rubâyât* ont des connotations antireligieuses, est présenté dans les manuels iraniens comme un mathématicien de l'islam. Il fut bien, en effet, un grand mathématicien, astronome et poète, mais surtout un épicurien et un esprit libéré.

Les intellectuels musulmans dont je parle existent. Leur influence s'exerce non seulement en France depuis une bonne vingtaine d'années, mais aussi dans leur pays d'origine. En Iran, les mollahs ne cessent d'évoquer l'intérêt que le monde entier porte désormais au Coran : dans les universités les plus prestigieuses de l'Occident, les savants les plus érudits, disent-ils, se penchent sur le Coran pour y découvrir la clé des mystères de l'univers, car tout ce qui échappe à la science se trouve dans le Coran. Le pouvoir de la répétition est tel qu'il est difficile de ne pas y croire. Arrivant en France, j'imaginais que, dans les universités françaises, la préoccupation essentielle serait l'islam et le Coran. À la source de cette manipulation : l'attitude de certains islamologues ou sociologues musulmans qui se targuent de leur notoriété occidentale dans leur pays d'origine. Je n'ai pas de mal à imaginer la répercussion qu'aura, ou a déjà, dans les pays musulmans, le débat sur le voile en France. « Retour de l'Occident au voile ! » vont s'exclamer les mollahs. « Même les femmes occidentales, symbole de débauche et de vie dissolue, comprennent les vertus du *hijab*, du voile islamique. »

Le débat sur le voile, du fait des débordements idéologiques qu'il autorise et des interprétations intéressées dont il sera l'objet dans les pays théocratiques, cautionne leur obscurantisme et leur despotisme. Il faudrait que les intellectuels français qui se déclarent hostiles à une école laïque qui ne tolère pas les mineures voilées prennent conscience du fait que leur engagement sera un appui aux dictatures islamiques. Quant aux minauderies des midinettes du voile en France, elles sont un encouragement à la répression de toutes les femmes qui, dans les pays musulmans, essaient d'échapper à l'emprise totalitaire du *hijab* au risque de leur vie.

Lorsque certains défenseurs du voile déclarent : « Ma femme et ma fille ne portent pas le voile », on s'extasie, et l'on fait même remarquer, à l'occasion, avec un sourire ravi, qu'ils ont bu un verre de vin ou raconté une histoire un peu leste. Mais ce sont les mêmes souvent qui ont semé les graines du « voile comme revendication d'une nouvelle identité » ; depuis une vingtaine d'années, ils défendent un prétendu « droit » des jeunes musulmanes en France à revendiquer le port du voile. Insensiblement, avec des mots viciés, ils ont contribué à la création d'un climat étrange, d'une atmosphère délétère dans laquelle s'épanouissent les attitudes les plus paradoxales. La liberté devient la liberté de s'aliéner. L'identité devient l'identité religieuse (on l'appelle « culture », pour la mettre à la mode). Sous couvert de parler le langage de la modération et de l'équilibre (« Laissez s'exprimer les différences »), ils essaient de donner des couleurs désirables, naturelles, modernes aux formes antiques de l'aliénation et de l'exclusion.

Une bizarre odeur de sacristie œcuménique plane sur la pensée française depuis quelque temps et j'y vois l'effet, entre autres, des prêches ressassés par les intellectuels musulmans. Ils ont réussi à imposer certaines images et à rendre non questionnables certaines affirmations. J'entendais l'autre jour à la radio le représentant de la Ligue des droits de l'homme déclarer en substance que la laïcité n'imposait aux élèves aucune restriction vestimentaire et qu'elle ne leur interdisait pas non plus d'afficher leur appartenance religieuse ; il en concluait que l'on ne pouvait pas interdire à une jeune musulmane d'affirmer son choix religieux en portant un foulard islamique. Par parenthèse, l'emploi des mots « foulard » ou « bandeau » islamique, qui vise à ranger sans problème le voile dans les tiroirs rassurants des armoires à vêtements les plus traditionnelles, procède d'une lâcheté sémantique, d'une misérable ruse rhétorique qui en dit long sur l'état délabré de la pensée critique actuelle. Mais venons-en à l'essentiel : rien ne gêne donc le représentant de la Ligue des droits de l'homme dans le fait qu'un signe d'appartenance religieuse soit aussi un symbole de discrimination sexuelle ? Le fait qu'une jeune fille musulmane affiche sa foi par le voile islamique ne lui pose apparemment aucun problème ? Pense-t-il tout simplement que « c'est son choix », comme on dit à la télévision ? D'où viennent cette « liberté » et ce « choix » ? La discrimination sexuelle et le discrédit du corps dès l'enfance sont-ils une forme de conditionnement moins grave que le conditionnement par les sectes ? Allons-nous devoir bientôt nous prononcer sur l'âge de la majorité religieuse des filles, étant bien entendu que la question est moins urgente pour ce qui concerne les garçons ? Allons-nous bientôt décider de l'âge auquel elles pourront « choisir » de se voiler ? Treize ans ? Neuf ans ? Sept ans ?

Les intellectuels musulmans, qui se définissent d'abord comme musulmans, sont-ils les plus qualifiés pour donner des leçons de tolérance et de laïcité, pour prétendre aujourd'hui définir en les renouvelant les idéaux de tolérance et de laïcité ? Ils l'ont, pourtant, cette prétention, et ils sont aussi habiles que prétentieux. Ils savent jouer avec la mauvaise conscience professionnelle de nombre d'intellectuels français et donner à de jeunes musulmanes le désir d'inverser le sens des signes. « Le voile parce que je le vaux bien » : telle est la substance publicitaire du message qu'ils font passer. Mais il ne s'agit plus de produits de beauté. Ces intellectuels musulmans sont les instruments d'une pseudo-libération, d'une « libération dans l'imaginaire » dont l'Histoire nous fournit de nombreux exemples. Revendiquer ce à quoi on est assigné par l'ignorance, le racisme, les préjugés ou le mépris des autres, c'est la solution de tous les desperados du monde. Ceux qui les inspirent sont des illuminés ou des malins, mais parfois aussi des provocateurs, des manipulateurs ou des corrompus.

Il faut se rappeler, pour raison garder, que les débats sur le voile à l'école concernent un fait absolument minoritaire. Dans l'immense majorité des écoles et des classes, la question du voile ne se pose pas. Il faut rappeler aussi que la grande majorité des immigrés ou des nationaux originaires de pays musulmans se disent religieusement indifférents. La revendication du voile est-elle pour autant un phénomène dont on peut penser qu'il disparaîtra de lui-même, au fil des ans et des générations ? Certainement pas. Les intellectuels qui s'opposent à l'exclusion des jeunes filles voilées de l'école en faisant remarquer que cette exclusion aggravera leur situation, alors qu'à l'école elles apprendraient à se libérer, se trompent à la fois d'époque et de cible. Autoriser le voile à l'école sera un encouragement à porter le voile ici en France. Autoriser le voile à l'école replace les adolescentes vivant dans les cités et les banlieues sous le joug des dogmes islamiques et rend leurs légitimes aspirations à l'émancipation encore plus difficiles. Déjà certaines d'entre elles ont été violentées et traitées de putes pour avoir refusé de porter le voile. Va-t-on bientôt entendre dire dans les banlieues pour défendre un homme accusé de viol : « La fille l'avait bien cherché. Si elle ne voulait pas être violée, elle n'avait qu'à être voilée » ? Le viol ou le voile.

C'est précisément parce qu'un langage de fermeté n'a pas été tenu il y a dix ou vingt ans qu'un courant de pensée islamiste et anti-laïque a pu se développer et prendre corps. Il fallait depuis longtemps dire que le marquage « culturel » et discriminant du corps des filles mineures — excision, voile — est purement et simplement interdit. Cette interdiction est un préalable à tout débat sur la laïcité : les enfants doivent être protégés aussi hors de l'école. Faute de cette protection, les enfants et petits-enfants d'immigrés, parce que les conditions de vie de leurs parents sont diffici-les et leur environnement quotidien ingrat et dur, sont une proie désignée au prosélytisme islamiste. Il est du devoir des responsables, au lieu de débattre sur « le voile à l'école » avec une poignée d'islamistes, de prendre en charge ces adolescentes mineures victimes d'abus sexuels et de les faire suivre par des spécialis-tes. Car, encore une fois, faire porter le voile aux mineures, c'est disposer de leur corps et abuser d'elles sexuellement, c'est les mettre sur le marché du sexe de la façon la plus crue, c'est leur faire subir une maltraitance psycho-sexuelle, un traumatisme qui marquera à jamais le corps et l'esprit des futures femmes.

Comment s'étonner que, dans un monde et à une époque où toute vérité est voilée, le voile soit à la mode ?

La question du voile masque des problèmes fondamentaux qui ne sont pourtant pas sans rapport avec elle. Tous les immigrés ne viennent pas de pays francophones et tous ceux qui viennent de pays francophones n'ont pas suivi une scolarité en français. Beaucoup d'immigrés vivant depuis de longues années en France ne parlent pas le français ou le maîtrisent très mal. Les responsables français évoquent à tout bout de champ la francophonie, mais la politique de défense de la langue française à l'extérieur de la France n'a pas d'application pratique à l'intérieur de l'Hexagone. Il serait du devoir de la France non seulement de mettre à la disposition des immigrés des institutions républicaines et gratuites d'apprentissage du français, mais de rendre cet apprentissage obligatoire pour tous les immigrés adultes ne connaissant pas la langue. Peut-on vivre dignement dans un pays sans parvenir à s'y exprimer correctement ? En outre, l'enseignement du français aux immigrés adultes devrait englober des objectifs dépassant le simple aspect linguistique. Il pourrait être l'occasion d'un apprentissage des institutions républicaines, des valeurs essentielles de la démocratie et de l'histoire de France depuis la Révolution. L'éducation des immigrés adultes contribuerait indirectement à l'intégration de la deuxième génération en réduisant le fossé entre les parents et les enfants. Ce fossé, qui renforce l'exclusion des premiers comme des seconds, est un facteur de sclérose et une source de violence. La violence de la frustration revêt en effet des formes multiples : les replis identitaires, la crispation religieuse sont des violences au même titre que la petite délinquance.

Les plus jeunes, et surtout les filles, en sont les premières victimes.

S'agit-il là d'un vœu pieux, coûteux et irréalisable ? Certainement pas. Les immigrés sont assujettis à l'impôt au même titre que les nationaux. Ne peut-on considérer que cela leur donne aussi un droit à l'apprentissage de la langue et à une éducation républicaine ? La France éduque ses enfants ; pourquoi ce droit ne s'appliquerait-il pas à la première génération, aux immigrants adultes, privés d'une réelle éducation démocratique, qui ont souffert des années dans des pays où tous les droits humains sont bafoués ? On ne cesse de dénoncer l'insécurité et la violence engendrées par les jeunes, les adolescents, souvent d'origine, cela va sans dire, maghrébine ou africaine. Mais on nous parle très rarement de la violence sans mesure que la société leur inflige dès leur plus tendre enfance. Quoi de plus révoltant pour un enfant que de voir ses parents, malgré les souffrances qu'ils ont endurées, les efforts qu'ils ont dû accomplir pour pouvoir quitter leur pays de naissance, humiliés ou marginalisés dans une société dont ils espéraient accueil et libération ? Peut-on exiger si facilement que les enfants de ces immigrés considèrent la France comme leur pays ? Mieux accueillir, mieux éduquer, mieux intégrer les immigrants me paraît une urgence prioritaire. Il y a assez de Français disponibles et généreux, d'instituteurs et de professeurs à la retraite pour collaborer à un projet qui devrait évidemment dépasser de beaucoup par son ampleur les quelques cours d'alphabétisation qui existent actuellement. Notons que certains États américains disposent d'institutions de ce genre. En généralisant leur création, la France pourrait jouer un rôle pionnier et se montrer fidèle à son image de pays de culture et d'égalité républicaine. On a entendu récemment le président de la République et aussi le maire de Paris évoquer la nécessité d'un tel effort : puissent les actes suivre les paroles ! Une politique centrée sur l'éducation laïque et républicaine des immigrés adultes pourrait avoir pour conséquence de faire entrer les principes démocratiques à l'intérieur des familles, d'inspirer aux enfants de l'immigration le respect de leurs parents et du système politique qui les a accueillis, effaçant ainsi l'une des causes majeures de la violence.

L'apprentissage de la langue devrait être aussi celui de la démocratie et de la conscience démocratique. Pour la bonne marche de la démocratie, trois principes sont essentiels et devraient être intériorisés par chacun : la laïcité, la tolérance et le respect. Mais quelle laïcité ? La tolérance jusqu'où ? Et le respect de quoi ?

La démocratie ne va pas de soi : elle s'acquiert, elle se défend. En Occident, elle est le fruit de plus de deux siècles de combat. Aujourd'hui, elle est offerte aux immigrés qui ont quitté à l'âge adulte des pays aux régimes plus ou moins dictatoriaux. La démocratie se mérite et l'intériorisation de ses valeurs demande du temps, de la réflexion et du courage.

La laïcité, comme valeur républicaine, n'existe ni dans la mentalité, ni dans la pratique, ni dans le langage de la grande majorité des immigrés. Être laïque, n'est-ce pas reconnaître que tous les citoyens, quelles que soient leurs croyances, quelles que soient leurs origines et leur condition sociale, quel que soit leur sexe, sont égaux aux yeux des lois républicaines ? Et admettre, notamment, qu'il y a des lieux et des institutions où l'appartenance et la pratique religieuses n'ont pas leur place ? Il est bon que Dieu et Allah restent à la porte de l'école. Que des femmes majeures veuillent porter un voile dans la rue, ça les regarde. Mais il faut qu'il y ait des lieux où les lois républicaines s'appliquent à tous et soient supérieures aux lois religieuses, où les dogmes de l'islam ou de toute autre religion n'aient pas à se manifester.

La tolérance et le respect sont deux mots galvaudés. À force d'entendre dire qu'il faut respecter tout et son contraire, on ne respecte rien ni personne. Comment pratiquer la tolérance sans sombrer dans le relativisme ? Être tolérant, il me semble, c'est admettre que l'autre peut se tromper et qu'il en a le droit. J'en reviens au sujet le plus brûlant, celui de la religion. Pour moi, aucun livre saint, aucune religion n'est jamais tombé du ciel, aucune parole n'est sacrée et tous les avocats d'Allah ou de Dieu (mollahs, rabbins, curés et autres exégètes autoproclamés de la parole divine) devraient avoir des préoccupations plus directement terrestres. Mais j'admets que les représentants des religions et ceux qui les suivent puissent se tromper et penser le contraire de ce que je pense. Je ne leur demande que la réciproque : qu'ils respectent mon droit à ne pas penser comme eux, à penser faussement, à me tromper selon leurs critères. Ce que je respecte, ce n'est pas la croyance de l'autre, une croyance à laquelle je n'adhère pas, mais c'est son droit à l'avoir, son droit à la liberté. Ce que chacun de nous doit respecter, c'est l'être humain en tant qu'individu libre de penser et de vivre sa vie comme il l'entend, hors de toute contrainte.

De ce point de vue, je trouve inquiétante

la tendance du langage politique, sous l'influence d'une sociologie molle, à enfermer les immigrés dans un communautarisme à base religieuse et ethnique. On dit toujours, par exemple, qu'il y a quatre millions de musulmans en France. Mais une majorité de ces « musulmans », je le répète, se déclarent religieusement indifférents et beaucoup ont quitté leur pays pour fuir l'islam. Condamnés à mort chez eux, vont-ils se voir assignés au communautarisme religieux et réduits au silence dans les pays démocratiques ?

Le bruit fait autour du voile ne doit pas être un moyen d'éluder les vrais problèmes que sont l'inégalité économique, le logement, la ghettoïsation et l'éducation. Les responsables politiques ne doivent pas renoncer à leurs responsabilités, abandonner les immigrés à eux-mêmes dans des ghettos chaque jour plus éloignés de la société française, laisser se créer, comme en Angleterre ou aux États-Unis, des petits tiers-mondes localisés.

Ce que je demande, c'est une attention plus

grande aux problèmes rencontrés par les immigrés — attention d'autant plus nécessaire que, semble-t-il, d'ici à quelques années l'Europe aura besoin d'une nouvelle main-d'œuvre étrangère. Faute de cette attention, la violence et l'insécurité vont croître, malgré les dispositifs prévus, l'impunité zéro, le renforcement du service policier et les prisons plus vastes. Un système de répression n'a jamais dissuadé les délinquants ni même servi réellement à réduire la violence. On le voit bien dans les pays du tiers-monde, où la moindre infraction et la moindre dérive des adolescents et des enfants sont sévèrement punies et où pourtant la violence et l'insécurité font partie intégrante de la société. Faute de cette attention aux vraies raisons de la violence, on verra se développer, subtilement associés et objectivement complices, l'un nourrissant l'autre et réciproquement, le discours islamiste et celui de l'extrême droite.

Pour conclure, je ne peux que faire appel au bon sens et à la responsabilité.

Cet appel s'adresse à tous les Français et immigrés originaires des pays musulmans qui, agnostiques, athées ou croyants, ne se sentent concernés ni de près ni de loin par des débats qu'on souhaiterait archaïques sur la place des femmes dans la société ; qui ne se reconnaissent pas non plus dans les références confuses à on ne sait quelle identité partagée dont le voile ne serait que l'un des signes ; et qui ne veulent pas se montrer solidaires des contraintes barbares par lesquelles on impose encore au corps et à l'esprit des filles mineures une marque indélébile et un traumatisme profond.

Il faudrait qu'ils rompent le silence, un silence qui pourrait passer pour la preuve de leur complicité ou de leur indifférence.

Cet appel s'adresse aussi aux intellectuels français et aux personnes de bonne volonté. Puissent celles et ceux qui sont aujourd'hui les représentants de la langue et de la pensée françaises prendre conscience du redoutable recul que traduit l'existence d'un débat sur « le voile à l'école ». Puissent-ils abandonner les prudences, les lâchetés ou les doutes qu'ont suscités chez beaucoup d'entre eux les épreuves amères de l'Histoire et la conscience de leurs échecs ou de leurs erreurs. Puissent-ils retrouver l'idéal des Lumières sans s'y aveugler, retrouver les traces du progrès là où elles existent et ne pas sombrer dans un relativisme démissionnaire. Puissent-ils enfin lever la tête et le regard, retrouver le sens de l'orientation et revendiquer la meilleure part de leur héritage, pour que l'Europe ne devienne pas une mauvaise copie des États-Unis.

Cet appel s'adresse enfin et surtout aux femmes, à toutes les femmes, musulmanes ou non, et aux mères. Le temps de l'humiliation et de l'aliénation est révolu. Demander aux dépositaires mâles des dogmes religieux les moyens et les chemins de la libération des femmes, c'est le comble de l'humiliation et de l'aliénation. Il incombe aux femmes, surtout aux femmes originaires des pays musulmans, d'affirmer qu'elles n'ont plus à marchander les conditions de leur existence, qu'elles sont des individus de plein droit et qu'à ce titre elles ne peuvent pas supporter qu'en France ou ailleurs (mais en France il y va de leur responsabilité directe) des fillettes soient élevées, à l'ombre du voile, dans un esprit de passivité et d'infériorité, que la culture soit l'alibi de la religion et la religion l'alibi de la discrimination sexiste.

Mais cet appel est aussi adressé aux pères musulmans qui ne souhaitent pas un avenir sous le voile pour leurs filles.

Je demande que tous ensemble, femmes et hommes, français et immigrés, nous exigions du gouvernement de la République qu'il légifère pour interdire le port du voile aux mineures, à l'école et hors de l'école ; et mette à l'étude des solutions pour prendre en charge les adolescentes victimes du prosélytisme islamique.

Quand je retrouve le souvenir et l'image des petites filles voilées des écoles iraniennes, quand je pense à celles qui, en France, sont utilisées, à leur corps défendant ou par l'effet d'une redoutable manipulation islamiste, pour servir d'emblèmes aux propagandistes de « l'identité par le voile », la tristesse le dispute en moi à la colère. Allons-nous enfin nous réveiller ?

DU MÊME AUTEUR

Aux Éditions Gallimard

BAS LES VOILES !, coll. Hors série connaissance, 2003 (Folio nº 4332)

QUE PENSE ALLAH DE L'EUROPE, coll. Hors série connaissance, 2004 (Folio nº 4331)

Aux Éditions Flammarion

COMMENT PEUT-ON ÊTRE FRANÇAIS ?, 2006

À MON CORPS DÉFENDANT, L'OCCIDENT, 2007

LA MUETTE, 2008

NE NÉGOCIEZ PAS AVEC LE RÉGIME IRANIEN, LETTRE OUVERTE AUX DIRIGEANTS OCCIDENTAUX, 2009

JE NE SUIS PAS CELLE QUE JE SUIS, 2011

Chez d'autres éditeurs

JE VIENS D'AILLEURS, *Autrement*, 2002 (Folio nº 4288)

AUTOPORTRAIT DE L'AUTRE, *Sabine Wespieser éditeur*, 2004 (Folio nº 4865)

Composition Nord Compo
Impression Novoprint
à Barcelone, le 20 octobre 2011
Dépôt légal : octobre 2011
Premier dépôt légal dans la collection : janvier 2006

ISBN 978-2-07-032105-6 / Imprimé en Espagne.